W0407644

Mollys wundersame Reise

Anna Camilla Kupka

Text: Anna Camilla Kupka
Illustrationen: Carole Isler

Draußen regnet es in Strömen. Regentropfen trommeln gegen die Scheibe und im Hintergrund hört man den Donner anrollen. Molly liebt solch ein Wetter. Wenn es draußen regnet und stürmt, während man selbst drinnen im Warmen ist, scheint die Zeit langsamer voranzugehen und man kann sich ohne schlechtes Gewissen wie ein Igel einrollen. Molly hat es sich unter ihrer Decke gemütlich gemacht. Ein paar Minuten möchte sie noch lesen. Damit will sie versuchen, den Tag zu vergessen, an dem sie in der Schule mal wieder gehänselt wurde. Auch möchte sie nicht an den nächsten Morgen denken – an die Schulkameraden und die strengen Lehrer. Molly findet ihr Leben oft anstrengend. Mit ihrem Buch kann sie in eine schönere, bessere Welt eintauchen.

Dann muss sie irgendwann eingeschlafen sein, denn plötzlich findet Molly sich einem riesigen Labor wieder, in dem es vor Geschäftigkeit nur so wimmelt. Sie schaut sich um und der Mund bleibt ihr offen stehen. Überall sind Schläuche und Behältnisse aller Art, alles fließt, pulsiert, vibriert, klopft und schwingt. Teilchen flitzen durch die Gegend und werden, kaum angekommen, durch andere abgelöst. Es ist wie bei einem Staffellauf. Flüssigkeiten tosen durch Schläuche, verschwinden hierhin und dorthin, werden angesaugt und wieder ausgespuckt. Winzige rote und weiße Teilchen fechten einen Wettkampf aus, andere wiederum teilen sich immer und immer wieder und setzen sich neu zusammen. Waben formen sich und lösen sich wieder auf. In perfektem Zusammenspiel funktioniert alles im Takt. Kein Ton, keine Bewegung tanzt aus der Reihe. Molly ist fasziniert. Was herrscht hier für ein Hochbetrieb! Und doch fühlt sich die Umgebung irgendwie vertraut an – so, als sei sie schon immer hier gewesen. Auch wundert sie sich, dass sie keine Angst verspürt. Sonst ist sie nicht so furchtlos. Während sie ihre Eindrücke noch zu verstehen versucht, ertönt eine weiche Stimme in dem Raum.

„Guten Abend, Molly, herzlich willkommen." Molly schaut sich um, kann jedoch niemanden entdecken.

„Wo bin ich?", fragt sie daher in den Raum hinein.

„Na, kannst du es dir denn nicht denken?", fordert die Stimme sie heraus.

„Es mir denken? Natürlich nicht. So etwas wie hier habe ich in meinen wildesten Träumen noch nicht gesehen“, erwidert Molly aufgeregt. „Wie soll ich mir da denken können, wo ich bin? Und wer bist du?“

Sie hört ein helles Lachen. „Molly, ich gebe dir einen Tipp: Du bist immer ganz genau hier. Du kannst gar nicht woanders sein. Na, kommst du jetzt drauf?“

„Nein, immer noch nicht.“ Molly fängt an, ein wenig genervt zu sein. „Jetzt sag es mir endlich. Und sag mir vor allem, wer du bist!“

„Dies hier ist dein Körper, Molly“, gibt die Stimme schließlich nach. „Willkommen in deinem eigenen Körper, einem wahren Wunderwerk! Wer ich bin, dazu kommen wir später, eines nach dem anderen.“

Molly fällt die Kinnlade herunter. Dies ist ihr Körper? Diese Tausenden und Abertausenden von Abläufen, die herumflitzenden Teilchen, die pumpenden Säcke, die Geschäftigkeit, die ganze Arbeit, das alles ist in ihr drin und nur für sie da – Molly? Die Stimme scheint ihre Gedanken lesen zu können.

„Nicht nur Tausende und Abertausende von Vorgängen, sondern Millionen und Abermillionen von Vorgängen, jede Sekunde. Ob du wach bist oder schläfst, dich gut fühlst oder nicht so gut, all diese fleißigen Helferlein sind nur für dich da und arbeiten rund um die Uhr für dich, für niemanden sonst.“

Molly ist fassungslos. Wenn sie versuchen würde aufzumalen, was sie sieht, würden alle Stifte und Blätter dieser Welt nicht ausreichen, um dies wiederzugeben. Solch ein Gleichklang! Sie war mit ihren Eltern ein paar Mal im Orchester und mochte immer das Zusammenspiel der unterschiedlichen Musiker. Doch nie hätte sie sich vorstellen können, dass sie stets ein noch unfassbar größeres und faszinierendes Orchester in sich trägt, das ohne Unterlass und Pause nur für sie spielt! Und jetzt macht sie ein pumpendes Organ aus, das offensichtlich der Dirigent ist. Es scheint die Steuerzentrale zu sein, die das gesamte System am Leben hält und mit beruhigender Gleichmäßigkeit rote Flüssigkeit in ein schier endloses Netz von Schläuchen pumpt.

„Ist das etwa …“, fragt sie.

„Kannst du es dir denken ...?“, gibt die Stimme zurück.

Ja, diesmal kann sie es sich denken. Dies muss ihr Herz sein. Fasziniert schaut sie zu, wie es unermüdlich pumpt, ohne Unterlass. Tagaus und tagein, und das alles nur für sie. Molly fühlt sich wie im Märchen. Sie fühlt sich plötzlich groß und bedeutungsvoll, wie eine Königin. Das ist ihr Reich! Und vor ein paar Minuten hat sie das noch nicht einmal gewusst! Natürlich wusste sie, dass sie einen Körper hat, aber so richtig bewusst hat sie ihn eigentlich nie wahrgenommen.

Plötzlich bekommt sie Angst. Sie ist doch nicht etwa tot? Ist sie gestorben und darf ihren Körper jetzt noch einmal sehen, bevor sie ihn verlassen muss? Das wäre schlimm. Gerade jetzt, wo sie anfängt, ihn zu schätzen und stolz auf ihn zu sein. Molly wird traurig. Sie möchte noch nicht sterben.

Aus dem Raum ertönt ein freundliches Lachen. „Nein, Molly, keine Sorge, du wirst noch lange nicht sterben, das hier ist lediglich ein Ehrenbesuch in deinem Körper. Alle deine Organe, Adern, Zellen sind so stolz und dankbar, dass du gekommen bist, um sie anzuschauen. Sie fühlen sich von dir gewürdigt und werden jetzt noch lieber als zuvor für dich arbeiten. Mit deinem Besuch spornst du sie an, so sehr freuen sie sich, dich zu Gast zu haben."

Molly ist das ein wenig peinlich. Wirklich bewusst ist sie ja nicht hierhin gekommen und zudem ist sie ja erst 12 Jahre alt, sollte man da wirklich so viele Diener haben? Ihre Eltern haben sie immer zur Bescheidenheit erzogen. Und jetzt sieht es so aus, dass sie ein ganzes Reich in sich trägt. Das ist ein Gedanke, an den sie sich erst einmal gewöhnen muss. Aber so ganz allein wird sie sich von jetzt an sicherlich nicht mehr fühlen. Schließlich hat sie ja diese ganze faszinierende Welt ihres Körpers immer bei sich, die nur und ausschließlich für sie da ist. Vielleicht ist sie ja doch nicht nur ein Mädchen, sondern etwas viel, viel Größeres ...

Der Gedanke verwirrt sie. Molly mag es, wenn Ordnung in ihren Gedanken herrscht. Und jetzt versteht sie nicht: Wenn sie doch in ihrem Körper ist, dann kann sie ja gar nicht ihr Körper sein. Man kann ja nicht in etwas drin sein und gleichzeitig genau das sein. Entweder ist man in einem Bus oder man ist der Bus selber. Logisch, oder? Wer genau ist da in ihrem Körper? Wer ist sie?

„Das ist eine gute Frage", kommt die gedankenlesende Stimme ihr zu Hilfe, „eine Frage, die die Menschen schon immer beschäftigt hat und die letztlich die einzig wichtige Frage ist. Um das herauszufinden, sind wir hier."

Molly ist aufgeregt. Mit solchen Fragen hat sie sich noch nie beschäftigt. Aber nachdem diese Fragen jetzt schon aufgekommen sind, kann sie es kaum mehr abwarten, die Antworten so schnell wie möglich zu erhalten.

Die Stimme hat mal wieder ihre Gedanken gelesen. „Wir sind ja erst am Anfang der Reise, versuch noch ein bisschen Geduld zu haben." Und damit lässt sich Molly neugierig und auch mit einer gewissen Vorfreude in den nächsten Raum führen.

Während vorher alles zwar unendlich geschäftig, aber doch geordnet und strukturiert war, ist hier alles ganz anders. Eine riesige, wunderschöne Landschaft liegt vor ihr, eine Landschaft voll bunten Lebens, in den sattesten Farben. Saftige, grüne Wiesen weiten sich aus so weit das Auge reicht, durchwebt von golden schimmernden Flüssen. Grashalme wiegen sich sanft im Wind und Blumen erstrahlen in den herrlichsten Farben. Es ist alles unendlich friedlich und ein schläfriges Summen und Surren liegt in der Luft, nur unterbrochen vom hellen Gesang der Vögel. Diese Farben, die Freude und Leichtigkeit sind das Schönste, was Molly je gesehen hat, und sie empfindet ein tiefes Gefühl von Heimat und Zugehörigkeit.

Als sie näher kommt und genauer hinschaut, nimmt ihr Entzücken noch zu. Sie kann jetzt erkennen, wie die Landschaft entstanden ist und sich immer wieder erneuert: Die Flüsse werden von Feen mit ihren goldenen Haaren gewoben, die Luft von flatternden Schmetterlingen zum Tanzen gebracht und die Gärten von bunt gekleideten Kobolden bepflanzt, die sich in Vielfalt und Farbenfrohsinn zu überbieten suchen.

Molly möchte am liebsten sofort zu ihnen herüberlaufen und mit ihnen spielen, aber so ganz traut sie sich noch nicht. Nun fängt jedoch einer nach dem anderen an, zu ihr herüberzuschauen, bis sie ihr schließlich alle zugewandt sind. Alle scheinen sich zu freuen, sie zu sehen. Die Kobolde springen fröhlich auf und ab und winken Molly mit ihren bunten Hüten zu. Die Feen falten anmutig die Hände vor der Brust und verneigen sich vor ihr und die Schmetterlinge tanzen um ihren Kopf und singen ein Lied für sie. Molly lächelt voller Wärme, aber auch ein wenig verlegen zurück.

Sie möchte vor der Stimme mit ihren Fragen nicht dumm dastehen, aber schließlich hat sie Kobolde und Feen im wirklichen Leben noch nie gesehen und die Stimme macht offensichtlich keine Anstalten, ihr von sich aus etwas zu erklären. Daher sprudelt es schließlich aus ihr hervor: „Wer ist das alles? Was machen all diese Wesen hier? Und bitte frag mich nicht wieder, ob ich es mir denken kann. Ich habe nämlich keine Ahnung."

Die Stimme kommt ihr lachend zur Hilfe: „Dies sind deine Freunde, die immer bei dir sind. Was du vor dir siehst, sind deine Gefühle."

Molly guckt verdutzt. Sie versteht nur Bahnhof. Aber die Stimme erzählt unbeirrt weiter: „Die Schmetterlinge sind deine Leichtigkeit und deine Kreativität, die Kobolde deine Freude und dein Übermut, die Feen deine Anmut und deine Güte."

Molly ist perplex. Nicht, dass sie sich niemals über ihre Gefühle Gedanken gemacht hätte, aber so hat sie sich ihre Gefühle ganz sicher nicht vorgestellt. Die Stimme unterbricht ihre Überlegungen: „Du gehst keinen Schritt im Leben, ohne dass diese bunten Gestalten bei dir sind. Mal meldet sich die eine und dann die andere lauter zu Wort, eine ist vorwitziger als die andere, aber sie sind immer da."

Molly muss grinsen. Denn es stimmt schon: Wenn ihre Gefühle sich zu Wort melden, heischen sie regelrecht um ihre Aufmerksamkeit. Ganz schön anstrengend ist das manchmal. Meistens versucht Molly dann, sie wegzudrängen, da sie Wichtigeres zu tun hat, zum Beispiel ihre Freunde treffen oder Musik hören. Aber nun, da sie sieht, dass ihre Gefühle etwas so Freudiges und Buntes sind, nimmt sie sich vor, ihnen mehr Aufmerksamkeit zu schenken. Was sie in den letzten Minuten nur alles erfahren hat! Sie ist also nicht nur die Königin über das riesige Labor, ihren Körper, sondern offensichtlich auch noch über diese wunderschöne Landschaft mit ihren lustigen Einwohnern. Molly verliert langsam ihre Schüchternheit und winkt den Feen, Kobolden und Schmetterlingen übermütig zu.

Sie schaut sich weiter um und sieht plötzlich etwas, das ihr einen Schauer über den Rücken laufen lässt. Da ist ein riesiger, irgendwie unheimlicher Fels. Drohend und kantig ragte er empor und scheint alles Leben von sich abzuhalten. Um den Felsen herum schlängelt sich ein ekliger, schleimiger Fluss mit hässlich quakenden braunen Fröschen darin, die modrige Luftblasen emporsteigen lassen. Damit bringen sie den zähen Schleim zum Blubbern, was den Fluss fast lebendig erscheinen lässt und ihn noch unheimlicher macht. Alles Leben scheint er zu verschlingen. Wie um das Bild abzurunden, liegt um den Fluss herum eine stählerne, dicke, scheinbar unzerbrechliche Eisenkette. Sie strahlt etwas Unüberwindliches aus. Molly weiß nicht wieso, aber ihr wird bei dem Anblick ganz schlecht vor Angst. Sie möchte vor der Stimme jedoch nicht wie ein Feigling dastehen und versucht, ihre aufkommende Panik zu unterdrücken. Um sich abzulenken, schaut sie wieder zu der schönen Landschaft hin, kann diese vor lauter Furcht aber nicht mehr sehen. Ihre ganze Aufmerksamkeit ist stattdessen auf den grauen Felsen mit dem schleimigen Fluss und der stählernen Kette gerichtet und sie tut ihr Bestes, um ihr Grauen im Zaum zu halten. Doch dann kann sie nicht mehr an sich halten und ein lautes Schluchzen bricht aus ihr heraus: „Du sagst, das alles sind meine Gefühle? Die Kobolde, Feen und Schmetterlinge? Und was ist mit dem schleimigen Fluss? Was ist mit diesem fürchterlichen Berg und mit dieser grausigen, kalten Kette, was ist damit? Das sind doch keine Gefühle von mir, oder?“ Sie fängt an, herzergreifend zu weinen.

Die Stimme streicht sie sachte am Arm und legt sich wie eine warme Decke um sie. Sie lässt Molly weinen und wartet, bis die Tränenflut etwas nachgelassen hat. Dann sagt sie sanft, aber bestimmt: „Es ist alles gut, liebe Molly. Nichts ist so schlimm wie es aussieht. Es kann dir nichts passieren. Lass uns etwas näher herangehen. Ich möchte dir etwas Wichtiges zeigen." Bevor sie noch einen klaren Gedanken fassen kann merkt Molly schon, wie sie sich langsam dem Felsen nähert. Doch trotz der tröstenden Anwesenheit der Stimme läuft ihr weiterhin ein kalter Schauer nach dem anderen über den Rücken und alles in ihr sträubt sich dagegen, weiterzugehen. Die Stimme bleibt jedoch beharrlich und ermuntert sie: „Komm, Molly, du wirst es nicht bereuen, vertraue mir." Zögerlich geht sie weiter.

Als sie näherkommen, erkennt Molly erstaunt, dass die Landschaft um den Berg herum keinesfalls so leblos ist, wie sie gedacht hat, sondern dass dort rege Aktivität herrscht. Krumme, traurig wirkende, schmutzige Gestalten tragen die Eisenkette, die sie zuvor gesehen hat, auf ihren Schultern und legen sie wieder und wieder um den Fluss herum, sodass die Absperrung zum Fluss und dem Berg stärker und stärker wird. Sie wirken äußerst unglücklich, aber Molly sieht niemanden, der sie zu diesem eigenartigen Verhalten zwingt. Kein Aufpasser, der schreit und seine Peitsche schwingt, nein, die Gestalten scheinen aus eigenem Antrieb zu handeln. Molly empfindet unendliches Mitleid mit diesen ausgezehrten Kreaturen und möchte sie am liebsten von ihrer Last befreien.

In diesem Moment bleiben sie alle unvermittelt stehen, drehen sich in Mollys Richtung und legen die Kette ab, die sogleich dünner und dünner wird. Die Geschöpfe setzen sich hin, wischen sich den Schweiß von der Stirn und erholen sich. Sie sitzen nun in der warmen Sonne und schauen Molly an.

Sobald die Sonne auf sie fällt, schmilzt der Schmutz, der vorher an ihnen haftete, und fließt wie warme Schokolade von ihnen ab. Die Gestalten räkeln und strecken sich und dabei brechen dicke Krusten ab, die wie alte Rinde von ihren Körpern fallen. Langsam verlieren sie alles Starre und stattdessen kommen wunderschöne, starke und agile Wesen zum Vorschein. Aufgerichtet und lebendig erblühen sie nun in ihrer vollen Kraft. Molly starrt sie voller Ehrfurcht an. Sie ist angesichts dieser puren Energie etwas eingeschüchtert und weiß nicht, warum alle auf einmal so anders wirken. Wie kann etwas so Hässliches plötzlich so schön und majestätisch werden? Sie sieht nun lauter unterschiedliche Gestalten. Zunächst sind dort wilde, bunte Drachen, die immer schöner, größer und farbenfroher werden und bunten Rauch auspusten. Ihrer Energie scheinen keine Grenzen gesetzt zu sein. Daneben existieren als Gegenpol – aber nicht weniger imposant – stille, hellgraue elfengleiche Gestalten, mit wunderschönen, fein gezeichneten Gesichtern. Ihre sanfte Energie ist ebenso spürbar und lebendig wie die der Drachen, nur ist sie eher nach innen gerichtet. Molly fühlt sich klein und unbedeutend neben dieser reinen Lebenskraft. Wie verblüfft ist sie da erst, als alle sie plötzlich anlächeln und sich vor ihr verneigen. Sie weiß nicht, was sie sagen soll und schaut leicht beschämt auf den Boden. Dabei fällt ihr Blick auf die Eisenkette und sie bemerkt, dass sich diese mittlerweile zu einer feinen, dünnen und hell glänzenden Silberkette verwandelt hat. Die elfenhaften Wesen heben die Kette auf und legen sie sich als feinen Schmuck um Hals und Handgelenke, was ihre zarten Gelenke noch betont. Molly fühlt sich ziemlich unscheinbar neben dieser Anmut und schaut stattdessen zu dem schleimigen Fluss hin.

Nachdem die Kette weg ist, befindet sich nichts mehr zwischen ihr und dem Fluss. Plötzlich ist ihre Angst verschwunden, sie geht entschlossen zu dem Fluss herüber und schaut hinein. Erstaunt erkennt sie, dass die Frösche den Schleim unentwegt selbst produzieren, aber gleichzeitig darum kämpfen, nicht in ihm unterzugehen. Sie wirken verzweifelt. Was für ein trauriges und schier sinnloses Unterfangen. Molly schüttelt ratlos den Kopf. Was soll das nur alles? Gleichzeitig öffnet sich ihr Herz für die Frösche. Sie würde sie am liebsten einsammeln und sie von ihrer Qual erlösen.

In diesem Moment beginnt der Schleim im Fluss zu verschwinden und die Frösche erholen sich langsam und atmen auf. Sie drehen sich alle in Mollys Richtung, lächeln sie an und auch sie verneigen sich tief vor ihr. Vor den Fröschen ist Molly nicht so schüchtern wie vor den Drachen und Elfen, also verneigt auch sie sich vor den Fröschen. Das scheint hier so üblich zu sein. Dabei beobachtet sie fasziniert, was jetzt passiert: Die Sonne fängt an, auch die Frösche zu wärmen und langsam fällt der Schleim von ihnen ab. Sie erstrahlen in den schönsten Farben, machen hohe, fröhliche Sprünge, schlagen Haken in der Luft und quaken aus voller Kehle. Jetzt empfindet Molly ihr Quaken auch nicht mehr als hässlich, vielmehr klingt es lebensfroh und vielfältig. Der Schleim ist jetzt fast ganz verschwunden und der Fluss wird klarer und klarer, bis er vor Mollys Augen so kristallklar und glänzend wird wie ein fein polierter Spiegel.

Molly kann den Blick kaum abwenden. Die wundersamen Verwandlungen haben sie vollkommen in ihren Bann gezogen. Aber langsam wird sie unruhig, denn eine Sache hat sie sich noch nicht genau angesehen: den Berg! Während sich die Landschaft um ihn herum mittlerweile in eine farbenfrohe Kulisse verwandelt hat, die vom bunten Feuer der Drachen noch zusätzlich in die unterschiedlichsten Farben getaucht wird, ragt der Berg unverändert steil und kalt empor. Trotzdem zieht er Molly wie magisch an und sie wagt sich langsam an ihn heran. Das hätte sie vor einigen Minuten noch nicht gedacht, dass sie jemals freiwillig zu diesem Berg gehen würde! Als sie auf den Berg zukommt, sieht sie diesmal keine Lebewesen, sondern hört von innen Geräusche. Der Berg scheint innen hohl zu sein, ähnlich wie ein Vulkan. Etwas zögerlich bleibt Molly stehen.

„Komm“, sagt die Stimme zu ihr, „lass uns hineinschauen.“

Jetzt ist Molly doch ganz froh, dass die Stimme noch bei ihr ist, denn so ganz hat sie ihren Mut noch nicht wiedergefunden. Zusammen mit der Stimme steigt sie also den Berg hinauf, der ihr jetzt gar nicht mehr so groß vorkommt. Oben angekommen, nimmt sie ihren ganzen Mut zusammen und schaut herunter in das Innere des Berges. Was sie dort sieht, bricht ihr fast das Herz: Eine kleine, ausgemergelte Gestalt gräbt Steine aus dem Boden aus und baut den Berg um sich selbst herum, höher und höher und enger und enger. Sie sperrt sich von der Landschaft draußen aus, während sie sich selbst einmauert. Es ist ein herzergreifendes, fürchterliches Unterfangen. Molly wird es ganz kalt.

Sie fragt die Stimme: „Was hat dieses kleine, unschuldige Wesen denn getan, dass es sich selber so bestraft?“

In diesem Moment schaut die Gestalt hoch und ihr kleines Gesicht mit den weit aufgerissenen Augen wird von der Sonne beschienen. Instinktiv greift Molly in den Berg und holt sie heraus. Der Berg fällt in sich zusammen und verschwindet im Erdreich. Stattdessen sprießen Blumen überall um Molly herum aus der Erde. Erschrocken krümmt sich die Gestalt in Mollys Hand zusammen und zittert am ganzen Leib. Sie traut sich nicht, ins Licht zu schauen und macht sich so klein wie möglich. Molly drückt die kleine Gestalt vorsichtig an sich, um sie zu wärmen und zu beruhigen. Dann hebt sie sie hoch, um ihr einen Kuss auf die Stirn zu hauchen. Langsam blickt die Gestalt auf und schaut Molly direkt in die Augen. Es kommt Molly vor, als würden sie sich schon eine Ewigkeit kennen, solch eine tiefe Verbundenheit fühlt sie.

„Wer bist du?“, fragt Molly leise. Aber obwohl die Gestalt schon etwas ruhiger geworden ist, bibbert sie immer noch wie Espenlaub und starrt Molly nur schweigsam an.

„Diese Gestalt verkörpert deine Angst“, meldet sich stattdessen leise die Stimme zu Wort.

„Meine Angst?“, fragt Molly erstaunt und mit heiserer Stimme. „Aber wieso baut sie diesen Berg um sich herum? Das macht doch keinen Sinn! Dann leidet sie ja noch mehr.“ Und wiederum fließen Molly Tränen die Wangen hinunter.

„Weißt du, die meisten Menschen möchten ihre Angst nicht sehen, sondern versuchen, sie zu unterdrücken. Darum versteckt sich die Angst und baut einen immer höheren Berg um sich selbst. Die Angst an sich ist nichts, wovor du dich fürchten musst. Du bist viel größer als die Angst." Und es stimmt: Molly ist tatsächlich viel größer als ihre Angst. Die Angst scheint nichts zu sein, vor dem man sich verstecken muss oder das man zwingen muss, sich zu verstecken. Sie wirkt so klein und hilflos in ihrer Hand. Molly empfindet ein tiefes Mitgefühl.

„Und wer ist das?", fragt sie auf die Frösche zeigend „und das – und das", auf die Drachen und die elfenhaften Wesen deutend.

„Komm, lass uns rübergehen", sagt die Stimme.

Mit der Angst gut behütet in ihrer Hand geht Molly mit der Stimme langsam herüber zu der Stelle, wo all die erlösten Gestalten jetzt zusammen in der Sonne sitzen. Behutsam lässt sie die Angst auf den Boden gleiten, die es sich sofort zwischen den anderen behaglich macht, die sie schützend in ihre Mitte nehmen. Sie fühlt sich hier offensichtlich wohl und in Sicherheit. So entspannt sie sich langsam und ist jetzt auch weniger zittrig und verkrampft, sondern strahlt Ruhe und Frieden aus und atmet tief durch. Molly fühlt eine tiefe Liebe ihr gegenüber und ist erleichtert, dass sie ihr helfen konnte. Sie hat das Gefühl, dass ihr Herz größer und größer wird.

Da hört sie wieder die Stimme, die ihrer nächsten Frage zuvorkommt: „Du wolltest doch wissen, was diese Frösche sind, nicht wahr? Die Frösche, Molly, verkörpern dein Schamgefühl, das immer aufkommt, sobald die etwas peinlich ist.“ Sofort kommt Molly das Bild in den Kopf, als sie in der Schule von der Toilette kam und ihr das Kleid in der Unterhose steckengeblieben ist. Das Gelächter war unerträglich. Sie wird immer noch rot, wenn sie nur daran denkt. Am liebsten will sie dies sofort vergessen und das Schamgefühl unterdrücken. Aber dann fällt ihr plötzlich ein, dass alle Geschöpfe hier in dem Moment erlöst waren, als sie sie in ihr Herz geschlossen und ihnen ihr Mitgefühl gezeigt hat. Ob es das ist, was die Stimme ihr hier zeigen will? Bewusst denkt sie wieder an den peinlichen Moment in der Schule zurück und schämt sich sogleich wieder. Aber sie merkt, dass es ihr gar nicht mehr soviel ausmacht und sie das Gefühl beruhigt zulassen kann. Weil es eben ein normales Gefühl ist. Das Schamgefühl gehört zu dieser bunten Landschaft dazu wie alles andere auch. Molly fühlt sich irgendwie befreit.

Und jetzt wird sie neugierig. Sie möchte herausbekommen, wer die Drachen und die edlen Elfengestalten sind. Vielleicht sind die Drachen ihre Wut? Um es zu testen, denkt sie an ihren kleinen Bruder und daran, wie oft er sie ärgert. Und sogleich versprühen die Drachen noch mehr Feuer. Es macht fast Spaß, die Wut so zuzulassen und ihre Hitze zu spüren. Molly nimmt sich vor, noch weiter mit der Wut zu spielen. Sie merkt, dass diese ihr helfen kann, sich auszudrücken und ordentlich Dampf abzulassen. Wieder ein befreiendes und kraftvolles Gefühl. Sie fühlt sich voller Energie und fast ist es, als würde sie auf dem Rücken der Drachen über die Landschaft reiten.

Nun fragt sie sich aber, wer die edlen Elfenwesen sind, die sie mit ihrer Schönheit so einschüchtern. Sie spürt, dass diese ihr tief ans Herz gehen. Doch so sehr sie auch nachdenkt, sie kommt nicht darauf, wer dies wohl sein könnte.

Die Stimme kommt ihr zur Hilfe: „Auch diese wunderschönen Wesen sind ein Teil von dir. Sie sind deine Trauer.“ Molly hat sofort das Bild ihrer toten Oma vor Augen und sie spürt einen Stich in der Brust. Sie kennt das Gefühl von Trauer sehr gut. Als schön hat sie es aber nie empfunden, ganz im Gegenteil. Auch jetzt steigen ihr wieder Tränen in die Augen.

„Molly, lass deine Tränen zu", tröstet die Stimme. „Achte deine Trauer, die aus der Liebe zu deiner Großmutter geboren ist. Die Trauer ist unendlich anmutig und möchte in ihrer tiefen, zarten Schönheit gewürdigt werden. Sobald du deinen Gefühlen in die Augen schaust, ihren Wert, ihre Schönheit und auch ihre Zerbrechlichkeit erfährst und sie liebevoll annimmst, verwandeln sie sich in etwas Wunderschönes. Wenn du sie jedoch verdrängst, verneinen sie sich selbst. Dann spürst du den Berg, den die verdrängte Angst baut, in deinem Magen, bevor du morgens zur Schule gehst. Die Wut wird unterdrückt und anstatt Dampf abzulassen, schließt sie sich wie eine Kette um deinen Hals. Das nimmt dir die Luft zum Atmen. Die Tränen der Trauer wollen fließen. Aber auch diese werden unterdrückt. Und da die Trauer oft mit Wut über den Verlust zusammenfällt, schmieden beide zusammen an ihrer Kette, um sich im Zaum zu halten. Aber du siehst, sobald du die Gefühle so annimmst wie sie sind, verwandelt sich alles in neues Leben. Die Liebe verwandelt alles."

Molly denkt nach. „Ja, hier ist das ja auch irgendwie leicht", erwidert sie schließlich. „Aber jetzt bin ich ja auch in einem Traum oder so was. Sonst kann ich meine Gefühle doch gar nicht sehen. Sie tun mir sonst auch oft so weh. Und außerdem bist du ja jetzt da, aber sonst bin ich alleine und da schaffe ich das einfach nicht."

„Molly, du kannst diese Gefühle immer sehen, wenn du dir die Zeit nimmst, nach innen zu reisen. Schließe dazu einfach die Augen und fühle in dich hinein. Gefühle können keinen Schmerz auslösen, die Unterdrückung der Gefühle löst den Schmerz aus. Gefühle können groß sein, stark sein, intensiv sein, aber das ist das bunte Leben, es gehört alles dazu. Das Leben zu unterdrücken, das löst den Schmerz aus. Gefühle können dir niemals etwas tun, sie sind Energien, die tanzen und spielen wollen, aber sie sind niemals gefährlich." Molly nickt. Sie fängt an, es zu verstehen. Lachen und Weinen, Trauer und Freude, es gehört einfach alles zu ihrer Gefühlslandschaft dazu. Molly hat mit einem Mal den Eindruck, dass alles doch einfacher ist als gedacht. Vielleicht schafft sie es von nun an doch, besser auf ihre Gefühle zu achten. Sie kann es ja wenigstens versuchen.

„Und jetzt gehen wir noch ein wenig höher. Du musst dich nicht von deinen neuen Freunden verabschieden, sie sind ja stets bei dir. Jetzt stelle ich dir noch weitere Verbündete vor."

Und damit finden sich Molly und die Stimme in einer unendlichen Weite wieder. So hat Molly sich immer das Universum vorgestellt. Alles ist strahlend blau und kristallklar. In den schönsten und leuchtendsten Farben ziehen Blitze wie Feuerwerkskörper durch den Raum, nehmen die unterschiedlichsten Formen an und erlöschen wieder. Es ist genauso wie bei dem Feuerwerk, das sie mit ihren Eltern zusammen einmal angeschaut hat und von dem sie ihre Augen nicht abwenden konnte. Die Blitze erstrahlen in unvorstellbarer Kraft und Klarheit und haben eine Energie, die die Luft zum Vibrieren bringt. Molly schaut voller Freude zu und fragt die Stimme schließlich, was dies hier sei.

„Dies hier sind deine Gedanken!"

„Meine Gedanken", wiederholt Molly. Langsam sollte sie nichts mehr erstaunen. „Wie denn das?"

„Lass uns ein kleines Experiment machen", fordert die Stimme sie auf. „Denke an etwas, das du liebst."

Molly liebt es, zu singen, und in derselben Sekunde, in der sie daran denkt, wird das Feuerwerk noch großartiger, bunter und heller. „Und jetzt stelle dir vor, wie du als berühmte Sängerin auf der Bühne stehst und die Herzen deines Publikums erfreust." Molly sieht das Bild förmlich vor sich und das Feuerwerk explodiert in nie gesehenen Farben. Wow – sie macht das wirklich alles selbst. Molly strahlt über das ganze Gesicht. Sie macht weiter und weiter, stellt sich die verrücktesten Sachen vor. Macht das einen Spaß!!

Ihrer Fantasie sind keine Grenzen gesetzt und sie denkt sich immer erstaunlichere Dinge aus. Das Feuerwerk bringt den gesamten Himmel zum Glühen. Ihre Gedanken sind wie eine unendliche Schatzkiste, sie kann alles hervorrufen, was sie will. Molly springt vor Freude herum. Die Stimme feuert sie lachend an und fordert sie auf, ihr ganz eigenes, buntes Reich zu kreieren. Alles ist erlaubt, egal was.

„Wow, ist das super", jauchzt Molly, so einen Spaß hatte sie selten. Dann macht sie über einem Teil des Himmelgewölbes ein paar dunkle Wolken aus, die der Farbenpracht ihres Feuerwerks im Wege stehen und fragt die Stimme, woher diese Wolken kommen. „Die Wolken werden von deinen negativen Gedanken geschaffen."

„Was für negative Gedanken?", fragt Molly.

„Na, alle Gedanken, die dir nicht gut tun."

„Was soll das denn sein?"

„Überleg mal: Welcher Gedanke fühlt sich nicht gut an? Fällt dir einer ein?"

Molly denkt nach. Schließlich fällt ihr etwas ein: „Mein Vater sagt immer ‚Im Leben wird einem nichts geschenkt'. Das fühlt sich nicht gut an."

„Und, ist dieser Gedanke wahr?"

Molly denkt nach „Na ja, irgendwie schon." Dann zögert sie. „Obwohl, jetzt bin ich mir da nicht mehr so sicher. Plötzlich entdecke ich ein ganzes aufregendes Labor in mir, habe in meinen Gefühlen neue Freunde gefunden und jetzt merke ich sogar, dass ich mit meinen Gedanken wahre Feuerwerke ausrichten kann. Und dafür habe ich ja eigentlich nichts getan. Das kann man doch auch irgendwie als Geschenk ansehen, oder?"

Die Stimme lächelt (eine Stimme kann auch lächeln, das weiß Molly jetzt). „Das hast du gut erkannt." Und noch ehe die Stimme weitersprechen kann unterbricht Molly sie voller Eifer: „Da fällt mir auf, ich kann sogar noch viel mehr bekommen als im richtigen Leben. Ich muss nur daran denken und schon ist es da. Zum Beispiel: Flugzeuge muss man erst bauen, und dann kosten sie viel Geld und man muss lange fliegen, um zu einem fernen Ort zu kommen. Aber ich kann in meiner Fantasie in Sekundenschnelle in eine Wüste in Afrika reisen und von da in den Regenwald in Australien. Und dann auf den Mond, wenn ich will. Ich brauche es mir nur vorzustellen und schwups – bin ich mittendrin. Ich kann, wenn ich will, Tiger und Löwen vor mir sehen, sie in Gedanken bunt anmalen und zahm oder wild sein lassen. Weißt du was, ich habe das ganze Universum in mir, in jeder möglichen Konstellation. Ich muss mir die Dinge nur vorstellen und sie sind da. Es ist ganz einfach. Das ist ein Geschenk!" Molly ist so aufgeregt, dass sich ihre Stimme überschlägt.

„Ganz genau, dein Innenleben ist unendlich reich und diesen Reichtum darfst du jeden Tag aufs Neue genießen und mit deinen Gedanken so viel experimentieren wie du magst. Überprüfe deine Gedanken stets darauf, ob sie sich gut anfühlen. Nur dann sind sie richtig bunt und lebendig. Es ist ein niemals endendes Spiel und du wirst mit deiner Kreativität noch viel Freude haben. Alles, was die Menschen bisher erschaffen haben, hat in ihrer Vorstellungskraft begonnen. Aber jetzt führe ich dich an den wundervollsten Ort, den du je erlebt hast."

Mit diesen Worten erscheint eine himmelshohe, goldene, prächtige, filigran verzierte Pforte vor ihnen. Molly fühlt sich plötzlich wieder klein und scheut vor dieser Pracht zurück.

„Nur Mut, geh ruhig hindurch, dafür sind wir ja hier!“, ermuntert die Stimme sie und schiebt sie leicht vorwärts.

„Und was ist mit dir?“, fragt Molly in leichter Panik. „Kommst du denn nicht mit?“

„Das kannst du allein. Ich warte hier auf dich“, antwortet die Stimme. Molly atmet tief ein, schließt kurz die Augen, sammelt ihren Mut und geht durch die Pforte hindurch.

Auf der anderen Seite umfängt sie wohlige Wärme wie tausend liebende Arme. Alle Formen und Farben lösen sich auf. Solch eine Einheit hat sie noch nie empfunden. Unendliche Geborgenheit und Sicherheit umgeben und durchfließen sie. Alles ist einfach richtig, alles ist perfekt. Es ist hell und rein, als würde das reinste, weichste Licht dieser Welt scheinen. Es ist keine Farbe und enthält doch alle Farben. Zudem herrscht eine Stille, die so vollkommen ist, dass sie alle Musik der Welt in sich einfängt und gleichzeitig der Ursprung von Allem ist. Und Molly spürt, sie ist ein Teil davon, hier gehört sie hin. Die Stille spricht zu ihr. Aber anders als die Stimme zuvor hört sie die Stille nicht mit ihren Ohren, sondern die Worte tauchen tief in ihrem Inneren auf.

Es ist wie ein weicher Gesang, der sanft durch jede Faser ihres Wesens schwingt.

„Willkommen, Molly."

„Danke", sagt Molly und fragt leise: „Wo bin ich?"

„Du bist jetzt in deinem Innersten, in deiner wahren Natur. Nachdem du deinen Körper durchschritten, die Herausforderungen deiner Gefühlslandschaft angenommen und das Universum deiner Gedanken kennengelernt hast, bist du nun in deinem innersten Wesen angekommen, in der Liebe", kommt die Antwort, sanft wie eine Liebkosung.

„In der Liebe?", wiederholt Molly erstaunt.

„Ja, in der Liebe."

Molly zögert ein wenig.

„Und wer bist du?"

„Ich bin die Stimme deines Herzens. Dein Herz ist das Sprachrohr der Liebe."

„Aber was genau ist die Liebe?", fragt Molly.

„Die Liebe ist die Quelle von Allem", flüstert es zurück.

„Die Quelle von Allem?"

„Ja."

Molly überlegt kurz.

„Was bedeutet die Quelle von Allem?"

„Alles kommt aus der Liebe und geht in sie zurück. Die Liebe hingegen ist ewig. So ist dein Körper eine Schöpfung der Liebe, er kommt aus der Liebe und geht in sie zurück. Deine Gefühle sind eine Schöpfung der Liebe, auch sie kommen aus der Liebe und kehren in sie zurück. Ebenso deine Gedanken. Aber du in deinem Innersten – du bist die Liebe und die Liebe endet nie!"

Molly muss dies erst einmal verdauen.

Schließlich fragt sie: „Ist die Liebe auch die Quelle des Bösen?"

„Auch das kommt aus der Liebe. Es ist das Kind, das aus der Liebe geboren wurde, aber momentan das Herz vor ihr verschließt und daher meine Stimme nicht hören kann. Und doch liebt die Liebe auch dieses Kind."

„Aber wenn die Liebe auch das Böse liebt, wird sich dann jemals etwas auf der Erde ändern?"

„Ja, denn mehr und mehr Menschen öffnen sich jetzt für die Stimme des Herzens und werden sich, so wie du gerade, der Liebe als ihrer wahren Natur bewusst. Ein Mensch, der einmal erkannt hat, dass er in seinem Innersten die unendliche Liebe ist, möchte nichts Böses mehr tun."

„Wieso nicht?"

„Weil ein Mensch, der sieht, dass alles aus derselben Quelle kommt und er in seinem Wesenskern unverletzlich ist, in Einklang mit sich und der Welt lebt. Dann gibt es nichts mehr zu bekämpfen und nichts mehr zu verteidigen."

Die Worte haben eine direkte Wirkung auf Molly. Es öffnet und weitet sich in ihr. Sie erlaubt der Stimme ihres Herzens, mehr und mehr Raum einzunehmen, sie ganz auszufüllen. Frieden breitet sich in ihr aus und sie spürt, wie ein tiefer Wandel in ihr stattfindet. Ein langer Seufzer entfährt ihr und es legt sich ein erleichtertes Lächeln auf ihr Gesicht. Was für eine schöne Erfahrung!

„Und wer war die Stimme, die mich vorhin begleitet hat?", fragt sie leise. „Warst du das auch?"

„Diese Stimme gehört ebenfalls einem vertrauten Boten der Liebe. Sie ist die Stimme eines Engels, und zwar deines eigenen Schutzengels, liebe Molly, der stets über dich wacht und dessen Flügel schützend über dir ruhen.“

Und damit fällt Molly zurück in ihren tiefen Schlaf und wird von ihrem Schutzengel wieder in ihr Bett getragen. Aber nichts wird mehr sein, wie es einmal war. Denn jetzt weiß sie ihren Körper zu schätzen, hat gelernt, ihre Gefühle zuzulassen und mit ihren Gedanken zu experimentieren. Und sollte sie einmal nicht mehr weiterwissen, so wird sie sich einfach fragen: „Was würde die Liebe tun?“ und ihr Herz wird die Antwort kennen.

EBENFALLS VON DER AUTORIN

In unserer Essenz sind wir geistige Wesen. Je besser wir uns daran erinnern, umso glücklicher verläuft unser Leben. Der Kleine Geist darf endlich auf die Erde reisen und als Mensch Erfahrungen sammeln! Noch weiß er um seine Schöpferkraft und dass die Sorgen und Nöte des Alltags nur die Dornen sind, die wir als Stufen hinauf zur Blüte nutzen können. Aber mit der Zeit, die er auf der Erde verbringt, vergisst er seine geistige Herkunft, wie die meisten von uns. Eine inspirierende Fabel für Erwachsene.

Sophie Vanderbilt ist Moderedakteurin und steht auch sonst mit beiden Beinen fest im Leben. Bis sich auf einmal eine geheimnisvolle Stimme in ihr Leben einmischt. Natürlich ist es nie ein gutes Zeichen, wenn man anfängt, Stimmen zu hören. Trotzdem – gerade jetzt kann Sophie jeden gut gemeinten Rat gebrauchen. Ihre große Liebe braucht angeblich „eine Auszeit", und Sophie setzt alles daran, ihren Traummann zurückzuerobern. Und die seltsame Stimme mischt weiterhin fröhlich mit ... Ein himmlisches Lesevergnügen!

Über die Autorin

Anna Camilla Kupka wuchs in Düsseldorf auf, wo sie erst Jura studierte und dann ihren Doktortitel an der Universität Münster erwarb. In Folge studierte sie an der ‚Stanford Graduate School of Business' in Kalifornien und lebte 10 Jahre in Irland. Heute lebt und liebt Anna in Zürich.
Anna glaubt daran, dass ein glückliches Leben unser Geburtsrecht ist und setzt sich besonders dafür ein, dass junge Menschen ihr Potenzial erkennen und leben. Denn wir alle haben einzigartige Talente – es gilt sie nur erkennen. Wenn Euch das Buch gefallen hat, so würde sie sich riesig über eine Rezension auf Amazon freuen. Ihr könnt sie auch gerne hier kontaktieren: anna@annakupka.com.

Danke!

11080642R00023

Printed in Germany
by Amazon Distribution
GmbH, Leipzig